Las Sirenas Son Una... IRREALIDAD TOTAL

por Adolfo Garza

First Printing - Spanish Version, 2019

ISBN 978-0-578-57989-4

Beau y Levi

Por si acaso sus sueños de la vida desafortunadamente no se cumplan, deseo con todo corazón que encuentren felicidad dentro la realidad que los rodean.

Prólogo

Todos vivimos en una sociedad que ha provocado nuestras creencias, opiniones, metas y deseos por medio de los medios de comunicación, publicidad, las cosas populares que se televisan, o cualquier otra cosa que uno encuentra en el ciberespacio. Mucha gente quiere lo que no tiene. Se imaginan algo tan "perfecto" que, a veces, se convierten emocionalmente entumecidos por un esforzarse contra corriente para tenerlo y terminando con manos vacías. Desafortunadamente, pierden la vista de las cosas pequeñas en que deberíamos apreciar y enfocarnos. La comida rica que podemos saborear, la compañía de nuestros amigos y familia, climas agradables, las olas limpias del mar agraciados por vientos lentos de costa afuera, viendo colores y poder hacer obras de arte espectaculares, o quizás algo tan sutil como tu próxima respiración. Este cuento fue destinado a quienes creen que su felicidad solo proviene de sus circunstancias. Por ellos quienes desperdician resolverse entre cosas que casi no quieren, y tampoco pueden encontrar lo que desean. Para ellos quienes no saben lo que quieren, pero tienen por cierto que lo que les rodea no es suficiente; así que mantienen sus vistas en el horizonte, esperando a que venga algo mejor cuando nunca aparece. Solo un espejismo de posibilidad que los mantiene esperanzados. Quizás sea una carrera que paga fortunas, cierto nivel entre la sociedad, atención de un admirador, una salud sublime o quizás un amor sincero. A veces, quizás requiere doble el esfuerzo al apreciar nuestras realidades, en vez de perdernos en una búsqueda por algo que queremos, pero nunca logramos encontrar.

Espero que les guste mi cuento, y mi arte que hice para ilustrarlo.

Las Sirenas Son Una...

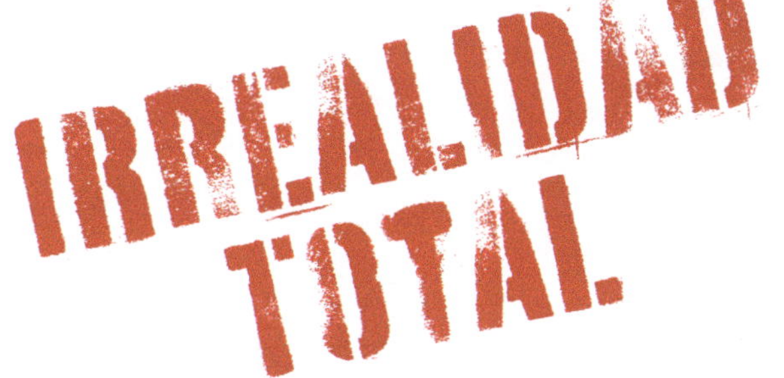

Había alguna vez un niño quien nadie entendía. Le gustaba jugar en el mar pero le faltaba sabor a su vida.

- SCIENCE -
- CIENCIA -

En la escuela, donde su atención estaba puesto a prueba, siempre estaba distraído. Era totalmente diferente al resto.

Mirando hacia afuera, soñando flotar en una galaxia lejana, sentía que su realidad era MUY en vana.

Después de sus estudios, el niño visitaba a un amigo querido. Era un pirata jubilado, animoso de recibirlo, brindándole una calorosa bienvenida desde su barquito viejito.

Le cocinaba y hablaba de historias del mar. Animales que conoció; una mascota se hizo de un loro que se encontró. Lleno de posibilidad, el niño atento se sintió. Una noche fue entretenido con un cuento y galletas. ¡El pirata empezó su historia con un calamar gigante y orcas asesinas!

Un personaje en la mitad del cuento hizo nacer una pregunta dentro del niño, y gritó "¡ALTO!" Algo que jamás había escuchado "¿... criatura hermosa niña del agua? ¿Que es eso?" Allí nació una atención que nada podía distraerlo.

El pirata dijo, "Ellas buscan dentro del agua serenidad, así que viven como pescados dentro del mar con mucha mas facilidad. Se llaman sirenas", satisfaciendo su curiosidad. "Si encontraras una, hijito, sería una vida para ti, llena de felicidad."

Una noche de insomnio, obvio que seguía, pensando en esta niña del agua que tanto quería. Una sirena en su pecera le dio ilusiones inmensas, que por fin dijo, "¡Encontrando esa sirena, será la culminación de mis metas!"

Así que empezó a estudiar fuera de control. En cada mapa buscaba mar, río, lago, charco o rincón. Polo norte o sur, no importaba, por encontrar esta sirena en que tanto pensaba.

Se fue de prisa, después de empacar. Pasando la ciudad en que se crió, esperando no fracasar. Caminando por un canal espantoso, se encontró con una nutria y dos patos. Temblando de miedo les preguntó, punteando su foco, "Viven en agua y podrían encontrar una con facilidad. Estoy en busca de una sirena. Por favor, ¿Me podrían ayudar?"

Pero solo podían reírse del niño. Pensando que estaba bromeando, dejó a la nutria y a los dos patos con cosquillas en el piso.

"Las sirenas no existen, payaso tonto," fue todo lo que le respondieron.

El niño siguió su camino. Ninguna empatía los patos ni la nutria sintieron.

El próximo lugar iluminado por su lámpara, fue un lugar cerca de un río en que antes se bañaba. Allí había un dique donde la madera y agua se atoraba. Donde allí anhelaba que un castor le explicara.

"Vives en agua y podrías encontrar una con facilidad. Estoy en busca de una sirena. Por favor, ¿Me podrías ayudar?"

La pregunta causó risa al castor trabajador, mientras apuntaba hacia un árbol que estaba mordido con ardor.

"¿Por qué no le preguntas al mapache que vive arriba? Después de tumbar su casita, la risa necesitaría. Las sirenas no existen, ¿Estás bien de la cabeza?"

El niño se alejó con la luz de la luna llena, desesperado por encontrar a su querida sirena.

Ahora estando en un pantano con mucha humedad. Encontró a un cocodrilo de tanta espantosidad. Manteniendo su calma por ignorar lo mortífero de su diente. Con confianza le dijo su petición pendiente. "Vives rodeado de agua y podrías encontrar una con facilidad. ¡Búscame una sirena! ... Si tienes un poco de generosidad."

La risa era demasiada para este cocodrilo muy hambriento. Respondiéndole al niño con tono tosco y grueso. "Un cómico como tú, ¡Tendría que desistir! Las sirenas no existen. Me matarás con el puro reír. Si me cuentas mas chistes, prometo no comerte. Eres muy gracioso, pero ... ¿Has perdido tu mente?"

Dejando los ríos y lagos para viajar a mares y océanos distantes. Una lista sin fin de conocer a muchos animales interesantes. Preguntándoles a todos a quien el veía "¿Has visto una sirena? Estando yo sin ella, es lo mismo que comer sin tenerle sabor a mi comida. Ustedes animales viven en agua y podrían encontrar una con facilidad. Pero que frustración de reírse de mi; se siente como mil abejas picando mi mentalidad. Todo lo que deseo es una sirena para destruir esta vida monótono. Les juro que la amaré con todo mi cariño. He viajado y viajado buscando esta felicidad. Les ruego y suplico, por favor ¡¿Me podrían ayudar?!"

Igual a los demás, los animales en conjunto se reían del niño. Y con sus risas estaban a punto de derrumbar su meta y sueño, de encontrar esa sirena y ser su amor y dueño. Su temperamento casi explotaba, como una bomba granada. Así que se fue a buscar paz, pensando en su sirena en la que tanto anhelaba...

... Tocando una guitarra al lado del mar y la playa.
Cantándole a su sirena, con una dulce serenata:

"Sirena mas linda. ¿Dónde podrías estar?
He viajado por cada parte, si tan solo te pudieras fijar.
Todos tus amigos me pican con abejas mentales,
solo por suplicar su ayuda, y ellos apuntando a los árboles.
Sueño que estas buscándome también,
para poder perdernos en un amor intenso y fiel.
Estoy sentado aquí en esta arena tan fresca,
queriendo un sabor a mi vida que solo proviene de tu belleza.
¡Escúchame!
Por polos norte o sur, yo te buscaré.
Como hombre te prometo, mi palabra la mantendré.
Como un pájaro volando, mi corazón estará.
Cuando te encuentre en mis brazos; allí mi sueño se cumplirá."

Así que se fue al frío, tal como le prometió. Esperanzado de que su sueño se hiciera realidad; polo norte o sur, no le importó. Un lugar calentito y acogedor el niño necesitó, así que se hizo una carpa, para escapar lo helado de toda la escarcha. Con sueño profundo el niño descansó, por navegar a todas partes que tanto viajó.

Soñando a su sirena que no podía pescar, a la quien solo quería amar y conservar.

Hasta este punto en medio de su realidad, ni en su sueño profundo a su sirena podía capturar. La quería a ella mas que a todo el oro en la tierra. Pero al no poder tenerla ni en sueño, toda su confianza sintió que se desaparecía. Sintiéndose muy pequeño con nieve alcanzando su rodilla, su motivación desesperado para que algo la reavivaría. Sus deseos se empezaron a congelar, mientras sentía que su respiración quería jadear.   El cielo de la noche decorado de colores, le empezó a molestar. De olores de queso podrido tendría que venir este poder magnético, y todo lo celestial.

Con la poca confianza que le quedaba, se puso a buscar una morsa para ver si le ayudaba.

Antes de darse por vencido, vio algo en la niebla, este pobre niño perdido.

Caminando en la nieve con apuro y prisa, "¡Allí esta la Gran Morsa!" viéndolo a poca distancia.

"¿Puedo hacerte una pregunta?" el niño dijo bajo suspiro. "Mi pregunta es fácil y todo muy sincero, por favor sea cortés con su respuesta, se lo pido y suplico." Respondiendo la morsa, con un tono muy leve. "Es un día soñoliento descansando en esta nieve. Pero pregúnteme lo que sea y tendrás mi atención. Dímelo tu en esta bahía fría. ¿Cuál es tu petición?"

"Vives rodeado de agua y podrías encontrar una con facilidad.
Estoy en busca de una sirena. Por favor ¿Me podrías ayudar?"

En medio de su ruego, la morsa se durmió. Nada podía despertarlo,
nada ruidoso ni cuando su bigote el niño tocó.

Allí es cuando el niño se dio por vencido. Caminando hacia su carpa, totalmente entristecido.
Empezó a llorar al sentir su paciencia desvanecer. No podía fingir una sonrisa, ni una mueca
en la cara podía permanecer. "¡¿Que hago aquí entre tanto hielo perdido locamente?! Aun si
la encontrara, ¡¿sería lo suficiente?! Estoy gastando todo mi tiempo al buscarme una niña que
quizás ni es real!" Ese fue su pensamiento que lo hacia sentir tan mal.

"Escuchamos alguien aquí llorar, y pensamos si había ayuda que podíamos brindar. Hay algo en que podemos hacer, para hacer tu dolor desaparecer?" Apático por lo que entró desde el frío. Tres pingüinos se presentaron allí mismo. Secando sus lágrimas por su gran aflicción, mientras buscaba calor en su colchón. No sabiendo como responder, porque ningún animal quería comprender.

"Gracias por ofrecer su ayuda, Señores Pingüinos. Aprecio que sean así de comprensivos. Pero si les digo lo que yo deseo, se reirán de lo que yo quiero. Luego añadirán burlas con su sarcasmo. Explicando que sería mas fácil poder volar con sus aletas, solo aleteando. Así que sería mejor dejarme en paz al dormir, y en este frío solito morir."

Como contestando a una oración, allí los pingüinos sintieron una frustración. "Nunca volaremos en las alturas, ya vez. Y eso es sin importar mover nuestras aletas, aleteando con rapidez. Pero, ¿por qué pensar lo injusto de la vida, y luego preocuparse? Sería NUESTRA CULPA mirar a otras aves, y luego compararse. Volando siempre ha sido nuestro sueño desde que salimos del huevo. Ya sabiendo que nunca volaremos, aquí te estamos compadeciendo. Antes que empecemos a exigir, dinos por favor ¿que cosa buscas, que su ausencia te hace herir?"

"Una SIRENA," dijo el niño mientras se lamentaba. "Ha sido como encontrar puras espinas, en busca de la flor mas linda, que simplemente, ¡NO SE COMO ENCONTRARLA!" Los pingüinos prometieron ayudarlo y se fueron nadando; en busca de un apoyo del Narval el Sabio.

Un puntiagudo hueso de marfil de la cabeza salía, del que todos creían su sabiduría procedía. Cuando los pingüinos lo encontraron en un mar mas hondo, fue para ver al niño y ser introducido en el frío.

Narval el Sabio atentamente le escuchaba, mientras el niño desesperado todo le confesaba.
No fue rápido en juzgarlo, sino conmovido por su lamentación, quería tanto ayudarlo.

"Se que es difícil apreciar tu realidad, cuando la cosa que buscas no se deja encontrar. Mentalmente empiezas a luchar, cuando la cosa que deseas mas te falta, 'una injusticia que es la vida' terminas de juzgar. Pero la vida, es la cosa mas justo que prevalece. Tiene aire para respirar, comida para comer, y olas para surfear que nadie merece. Si quieres que tu mente se sane, en ESTAS cosas deberías enfocarte. Ahora ven y de a Narval el Sabio un fuerte abrazo, para que te diga un secreto, y entremos en un pacto. Prométeme que en lo positivo de nuestra realidad te esforzarás a enfocar, y que este secreto lo vas a ocultar."

Acercándose, el narval le dijo…

"Las sirenas son una... IRREALIDAD TOTAL."

Fin...

Acerca del Escritor
e Ilustrador

Adolfo Garza pasó 6 años escribiendo e ilustrando el libro que tienes en tus manos. Durante este tiempo, viajó por el mundo, utilizando las vistas y experiencias como inspiración. La historia fue escrita en la Isla Grande de Hawai, donde Adolfo disfrutaba surfeando y nadando. Entre otros lugares, gran parte del libro fue ilustrado mientras exploraba las montañas de los Andes, la vasta costa de América del Sur, los fiordos de la Patagonia, Tierra del Fuego y las calles de Santiago de Chile.

Conéctese con Adolfo en Instagram: @dolfo.83